어느 봄날

시와소금 시인선 · 104

어느 봄날

이종완 시집

시와소금

┃이종완 약력

- 경기 포천 출생.
- 2004년 《한국문인》 신인상 당선으로 등단.
- 《생활문학》 《한맥문학》 시조 신인상.
- 월간 《스토리문학》 동시 부문 신인상.
- 《생활문학》 작품상 수상.
- 2019년 강릉 문성고등학교 명예 퇴직.

- 이메일 : mleejw@hanmail.net
- 주소 : 25446 강원도 강릉시 성산면 송암골길 48

붙들어 두고 싶었던 언어들이 떠나고
부스러기로 남은 바람만 움켜쥐었어
어린 날들의 치기 어린 웃음소리와
꽃을 사랑한 별들의 작은 이야기도
사랑을 찾아 기웃거리는 작은 음표들
되돌아오지 못한 나의 종소리로 울리네

태양이 떠오를 때의 벅찬 눈부심과
지는 해가 바다에 풀어 놓은 그리움
무엇을 향해 달려왔는지 돌아보면서
조금씩 비운다는 의미를 생각한다
채우려고 할 때의 그 갈증을 기억하고
지금 살그머니 벗어난 굴레의 껍질
그 텅 빈 자유의 동그라미 속에서
시가 시인지 시 아닌 것이 시인지
스스로도 모르는 채로 띄워 보내는 엽서
사랑도 이와 같아서 하루의 씨줄로
사랑의 옷감을 짜는 물레를 돌려본다

2019년 여름 대관령 산자락
청암제에서 이 종 완

| 차례 |

| 시인의 말 |

제1부 등대의 꿈

제2부 장작 지게

제3부 산에서 사는 일

제4부 그리움이 문을 열 때

제5부 달항아리

작품해설 | 박 해 림

제 **1** 부

등대의 꿈

수술

오늘 하루
눈물 나도록
감사한 날입니다

나의 간절함과
그대의 기도가
하늘에 닿아
사랑을 확인하게 해 준

희망의 하루입니다
생명의 날입니다

등대의 꿈

떠나야 한다
떠나는 자들의 꿈을 위해
그 꿈을 지키기 위해 나는 밤을 밝힌다

포구는 떠남을 위해 서성이는 발길로 가득하고
누구의 간절함이
빛의 기둥을 타고 넘실거리는가

밤바다에서 날마다 유인하던
달빛도 사라져가고 하얗게 날을 세운
파도가 거칠게 나를 향해 밀려온다

그것은 욕심이 아니다
숙명처럼 바다를 베고 누운 자들의
흔들림이 강해질수록
밀어내는 힘 더 세차질수록
가슴 속에서
더 환하게 밝아오는 희망

가야 하는 이유와
닿아야 할 온기를 또렷이 기억하기에
깊은 어둠 속 흔들리는 파도 위에서도
흔들리지 않는다

모든 어둠이 내려도
나는 너에게 끝끝내 닿아야 한다

빨대

때로는 급하게 때로는 천천히 빨아들인다
세상의 숨구멍에 기대 살아가며 생명을 이야기하고
거창하고 위대한 꿈을 꾸고 열심히 살아가지만
살아보면 한계라는 것이 우리를 절망하게도 하지
하지만 그 그침의 수평선에 도달해 보면 때로는
감사하다는 느낌도 알 수가 있어 참 이상도 하지
그런 모순들을 조금씩 빨아들이는 빨대들의 시간
도망갈 곳을 잃어버리면 사람들은 결이 나오게 돼
변한 것 같지만 결코 버리지 못하는 자신만의 결
그 결을 따라 빨아들이다가 버려지는 무수한 빨대들
어쩌면 나도 누군가가 필요할 때 빨아들이다가
무심하게 버려지고 마는 빨간 빨대는 아닐까

국밥

좁은 길을 따라 듬성듬성 들어서 있는
낡은 추억 속 불빛의 풍경들
넘어지지 않았지만 아쉬운 마무리의 하루
국밥집의 문을 닫으며 안도의 한 숨을 쉰다
정말 근사한 것은 오랜 시간이
부화시켜 탄생하는 것이라 말하지만
새롭게 뜨거워져야 한다
반복되는 설렘의 시간 속에서
진하게 우러난 국물처럼
구수하고 맛있게
목구멍으로 훌훌 넘어가는
국밥 한 그릇의 따스함이고 싶다

어느 봄날

나는 오늘도
들고 내려야 할 것을
조심스레 두고 내린다

미련을 던져두고
아쉬운 듯 꽃잎
떨어져 내린다

낡아 버린 약속 무너져 내리듯
헛된 시간의 집착
봄 강물에 술술 풀어 보낸다

떠남

앳된 표정 애처롭다

꽃잎
스물세 장
지친 하루 보내고
유리창에 머리 기대며
낮게 드리는 기도 소리

살고 싶다고
꽃피우고 싶다고
눈물 없이 잠들지 못하는
여린 영혼의 울림

밤하늘
잠들지 못한다
배웅하는 바람
손 흔들지 못한다

염전鹽田을 지나며

평화가 은빛으로 잔잔히 내려앉은
만개한 소금꽃 사이
소박한 눈웃음과 만나고
옛 정취 가득 쌓아둔
푸른 그림 속의 창고를 지나면
점점이 맺힌 소금꽃
온 세상이 다 환하다

걸어가는 풍경 속
하얗게 피어나는 그리움의 결정結晶들
오랜 햇볕의 단련으로 물기 마르면
쩍쩍 갈라져 가는 바닥
그 고통의 시간 흘러
사라져 가는 비명들
눈꽃처럼 내려앉은 바닷가에
부드러운 바람이 지난다

봄 이별

오래 머물러 본 사람이
말없이 떠날 줄 안다
오래 기다려본 사람이
말없이 떠나보낼 줄 안다
온다 온다 하며 오지 못하고
간다 간다 하며 가지 못하는 심사

한껏 취해버린 한때
그대 모습이
꽃바람 타고 날아가더니
그림 속 빈방 비추던
불꽃처럼 깜박거리던
나의 봄아
가자
짧아서 황홀한 나의 밤으로

별

내가 걸어오는 길 내내
반짝이며
내 앞을 비춰주던
별빛처럼

나도 누군가
걸어가는
길 위에 서서
그 앞을 환하게
비춰주고 싶다

차 한 잔

소박한 차탁에 놓인

맑은 차 한 잔과

따스한 햇살 한 줌

하얗게 반짝이는 눈 덮인 겨울 숲 사이로

꽃의 시간이 흐르면

보여지는 존재의 아름다움에 취해

하늘은 가만히

세상의 상처를 덮고

보이지 않는 움직임 속에

골짜기를 따라 몰려가는 바람

새로 움터오는 계절의 끝자락

낙조 속 빛들의 조화에

소나무는 마른 울음을 쩡쩡 토해내고

켜켜이 몸을 쌓는

아득한 고요 속의 몸짓

보리밭

긴 겨울의 무늬를 몸에 새기며
눕다가 다시 일어서는
저 힘찬 맥동麥動의 시간
거친 꿈이 어둠을 몰아내면
하늘도 낮게 내려앉는 새벽

눈감아야
닿을 수 있는 거리에 홀로 앉아
그리움의 허기에 지쳐 울면
말라버린 젖꼭지 물리며 바라보던
누런 보리밭
그 서러운 이슬을 털고 가는
바람의 뒷모습을 추억한다

물결치는 들녘의 이랑마다
나직한 강울음 퍼져 가면
새롭게 나를 일으켜 세우며
따뜻하게 마주쳤던 눈빛

쪼그리고 앉은 밭둑 가득

조각별로 떨어져 내린

그리움이 반짝인다

소문

침묵이 오래도록
나에게 말을 걸어올 때
누구는 울고 있다 하고
어느 누구는
웃고 있을 것이라고 한다

더 깊이
숨겨두려 하면
속곳까지
모두 드러나고 마는
누군가를 닮은
내가 아닌
온전한 나로
살아가기 위한
준비 없는 시작

그 부딪힘에
선택과 소신을 얹어

남을 바라보지 않고
내 안에 숨어 있는
나만을 바라보며 걸어간다

세 잎 양지꽃

그 사람
떠난 자리에
시린 바람이 불고

아직도
잔설殘雪 속에
우두커니 남아있는
내 사랑

하얗게 부서지는
햇살 머리에 앉아
툭 터트린 노란 눈물로
꽃불 밝힌 하루

그대 떠난
그 자리에
그 숨결 기억하며
나지막이 내린 뿌리

슬며시 밝혀둔
내 사랑

냉이

매서운 바람 가득한
가문 봄 들판
한줌 햇빛 모여드는 곳
세상에 널린 배고픔이
밟고 지나간 자리마다
성글게 돋아 오르는 희망
춘궁기 주려오는 뱃구레는
어찌해도 메울 길이 없는데
푸르게 혹은 검붉은 눈망울로
납죽납죽 엎드려 바라보는
생명을 만난다

해맑은 봄빛 맞으며
허리 쭉 펴고 건성건성 다니면
보일 것도 숨어버리니
땅바닥에 코끝이 닿도록
엎드려 기도하는 마음으로
땅바닥을 바라보며

간절한 마음으로 다녀야 한다
눈물 속에서 피어나는
새봄의 향기를 맡는다

바람 찬 봄 다시 선 들판
그날이 다시 돌아와
그때 그 아궁이에서
보글보글 끓어올라
슬픈 상처 우러나오는
냉이죽 한 그릇에
아쉬운 듯 흐뭇하게 흘러간
약속 없이 스쳐 지나는 그 풍경이
머지않아 터져 나올 꽃송이
환한 미소로 내게 온다

자운영꽃

해 뜨자
흙무지에 쪼그려 앉아 있다가
새로운 시선에
자색으로 번져가는 뺨
상큼한 봄날
고요를 은은하게 열면

나도 모르는 내 마음
그대는 잘도 알고
그대 모르는 그대 마음
내가 들여다보며
땅의 향기 위에
사랑이 피어납니다

푸른 초원을 달리고
하늘 언덕을 오르는
그대의 눈길이
천산에 닿더라도

내 눈길은
그대만을 향하겠습니다

깊은 밤
당신의 사랑에 축축하게 젖어
속울음으로 춤추다
바람 불면
수많은 나비가 되어
그대에게로 달려가겠습니다

살아서도
그대를 사랑하고
죽어서도
그댈 그리며
바람 따라
흔들리겠습니다

뜰

상처가 저물어
깊어지는
텅 빈 마당 가득
쌓여가는 적요寂寥

사랑도 쉬었다 가는
고요함 속에
녹아드는
꽃들의 웃음소리

도마

어느 산속
쓰러진 나무의 마던 나이테에
감아올린 시간의 흔적

등에 칼질을 얹고 사는
너의 아픔은
누군가의 행복을 향해 가는 길

온몸에 무수한
상처뿐이지만
햇살 한 줌 쬐고 나면

새로운 시작
칼날과 맞선다

제 **2** 부

장작 지게

굴뚝

골목의 집들에는 모두 다 굴뚝이 있다
따스함도 빠져나올 숨구멍이 필요하다

그 구멍으로 버릴 것은 다 빠지고
여분으로 밥을 짓고 사랑을 데우며 산다

희망을 향하는 굴곡진 비탈 위의 골목
봄의 그리움을 작은 이야기로 피워내고

절절 끓는 따스한 체온에
보글보글 밥 끓는 저녁연기 구수하다

모른다, 모른다니까

커다란 바다의 화폭에서
자그마한 섬들이
물수제비를 뜬다
한 번 지난 자리마다
꽃들 피어나듯
꽃 섬 둥둥둥 솟아오르는 이유는
모른다
모른다니까

안개 핀 바다에는
웃음도 울음도 먹먹하다
눈치 볼 것도 없는 넋두리는
잠들지 못하는 저녁
막걸리 사발 속에 묻어 두고
그리운 것들이
조금씩 건너곤 하는
소멸의 끝자락
뭍과 섬이 교차하는 시간

바닷물이 왜 때가 되면
그리움을 끌어들였다가
기척도 없이 풀어내는지
이유는 모른다
모른다니까

간장

할머니의 할머니 대로부터
달빛 바스러지며 내리는 밤마다
수백 년 세월 이어가며
가라앉은 평안한 숨결
정갈한 어머님의 손길 거치며
세월이 능쳐놓은
숯에서 일어난 깊고 맑은 비색

삶의 먹빛도 진해지면
흰색을 품는다

어머니

그 사람 그립거든
그 사람 떠올리지 말고
그 사람 향기를 떠올려보자

영혼을 울리는 어머니의 밥상

아, 두말할 필요도 없이
그렁그렁 그리워
눈물 맺히는 그 향기

새벽장의 어머니

바람이 쓸고 가는 난전의 촉 낮은 전구가
꾀죄죄한 골목을 뒤지고 있을 때
반짝이는 겨울 아침 햇살이 날카롭다
오랜 기다림의 그물을 끌어 올리는
검게 그을린 어부의 억센 팔뚝처럼
반짝이는 금빛 햇살
물고기가 떼를 지어 팔딱팔딱 튀어 오른다
물비린내처럼 시장을 떠도는 퀴퀴한 냄새 속에
주름진 아낙들이 뜨거운 한 생을 태울 때
잉걸불 위의 장작불도 탁탁 튀어 오른다

장을 마치는 노곤한 시간이면
마지막 인연의 끈들도 줄 끊어진 연처럼 날아가고
떠나지 못한 장꾼들의 뜨거운 웃음과 고된 하품이
해가 떠오르는 한 잔의 막걸리 사발 속에서 넘어간다
지우고 또 지우는 날들이 흘러가도
버거운 땀방울의 무게는 더해만 가고
몸부림을 쳐도 건져 올리는 것은 늘 빈 그물 뿐

하늘의 뜻이라 웃으며 내일을 바라다본다
긴 갈증의 목마름에 서러운 바람이 불고
억척스러운 몸짓으로 목 터지게 부르는 노래
희망을 향해 나아가는 삶의 진한 눈물들
남모르게 혼자 돌아서서 흘리시는
어머님의 눈물은 나의 슬픈 옹달샘이다

떠난다 떠난다 하면서도 늘 정박해 사는 사람들
한 번 내린 닻은 언제나 올릴 것인가
녹이 슨 달빛 아래 두 손 모아 드리는 기도는
한겨울 강추위도 물러서게 하는 신비의 영역
장독대를 소복소복 덮고 있는 하얀 평화가
스러져가는 새벽장도 슬그머니 덮고 있다

동백꽃

절정을 무너트리는
붉은 울음

통으로 떨어져 내리는
저 무참한 카펫

땅속으로
스미지 못하는
붉은 미련

그 위로 쏟아져 내리는
봄 햇살

팔베개

무리 지으며 피어나 길게 뽑아 올린 꽃대공
살짝 꽂은 옥비녀가 뜰 안 가득 반짝일 때
개여울 물소리 따라 청보라로 번져가는 그리움
짧은 사랑의 노래가 맑게 일어서는
바람이 띄운 아름다운 편지에서
다시 피는 숲속의 생명
그대 팔베개로 넘던 긴긴 밤의 꿈들 떠나가고
흔들리는 바람만 기억하는 빈 뜰의 향기들은
돌담 울타리에 걸어둔 아지랑이 따라 길 떠납니다

공무도하公無渡河

에둘러 돌아서 가려다
갈래 길에 서 있는
그대를 다시금 봅니다
허락된 그 시간이
얼마인지는 이제
중요하지 않습니다

살짝 눈 흘기는
느긋한 감미로움이 퍼져
작고 어설픈 싱그러움이
눈길을 잡아끄는
햇살 송송 내린
뒤뜰 꽃빛 고운 날

춤추며 달려가시는
작은 웃음에 꽃들 피어나고
강물은 첨벙첨벙
그 님을 품으시니

그예 님은 봄 강을
건너십니다

진달래 활짝 핀
언덕길을 오르면
하염없는 슬픔을 타고
부르는 노랫소리
강을 타고 흘러내립니다

사랑, 쉼표

저무는 강둑에 나를 앉혀놓고
그대에게로 향하는 길의 질감을
온몸으로 하나둘 더듬으면
관성을 따르는 물길처럼
자연스레 기우는 마음을 따라
흔들리는 나뭇가지 위
지저귀는 새들의 노래가
아주 사소한 오늘 하루를
붉은색으로 칠한다

다가서다가 사라져 버린
그 짧은 유혹도 이리 버겁고
같은 곳을 보고 걸어도
가는 길은 다른데
꽃잎 같은 그대 손길로
지운 흔적
그리움의 단비를 맞은
초승달이 떨고 있다

시간이 바래도록

끝끝내 지켜진 비밀로

더 팽팽해진 긴장은

꽃잎에 이슬로 내리고

말라버린 그리움을 향해

또다시 달려가는 그림자는

저무는 강둑에 나를 앉혀놓고

그대에게로 향하는 길을 보여준다

조란弔蘭

눈 뜨고는 볼 수 없어
가만 눈 감고서야 그려낼 수 있는 그대
그대 없는 이곳에서
나는 홀로 흔들리고 있네
길을 잃어버리지 않았더라면
알 수 없었던 고통의 시간들도
그 사랑의 의미를 확인하고
한껏 푸르른 시간의 잎새들이
오랜 잠에서 깨어나
기지개를 편다

굳이 창가에 놓아두지 않아도
외로움의 길이만큼
가닥으로 길게 늘어트린 그리움에
하얀 입술이 열리고
꽃으로 매단 내 사랑
잊지 않으려는 당신의 분신이
함께 공유하지 못하는 공간 속에서

은은한 향기를 전하는 그대는
가만히 봄날 오후를 들여다봅니다

아버님의 사랑

나이 어린 새 별이 되어
떠나가신 아버님을
어둔 밤하늘에서 찾아가며
그려보는 시간이 있어 행복한 밤
늘 한발 앞에 서서
기다려 주시던 아버님께
오늘 길을 묻습니다

긴 하루 같은 그 많은 날들
강인하고 완고한 표정 속에서도
마음속의 온기를
말없이 전해 주시던 손길
넘어지고 쓰러지면서도
끊임없이 희망을 찾아
일어설 수 있었던 것은
당신의 그 말없는 격려 덕분이었습니다

이리저리 뒤척이는

잠 없는 길고 긴 밤의 시간
어찌어찌 들어선 여우잠 머리맡에
아버님이 웃고 계십니다
불안했던 시간의 빈틈들을
촘촘히 메워주셨던 그 사랑을
가슴 깊이 간직하고 있습니다

따스했던 그 눈길과
손끝의 감촉을 영원히 기억합니다

장작 지게

헛간 옆에 세워둔 빈 지게 하나
눈 내리고 비바람 분다고 어느 하루 멈출 수는 없는 일
어스름 지는 해를 바라보며 나선 길
밝아오는 달빛 마중하며 걸어가면 닿는 거리
대관령 산 깊은 송암골 골바람 부는 골짜기
멀리 떨어진 조 진사네 문중 산 위
눈 덮인 산속의 절벽 바람마저 직립으로 서는 곳에서
쩌정쩌정 밤 도끼소리는 멈추지 않고
해거름 막걸리 한 사발 다 꺼지고 허기지면
되짚어 돌아오는 산길 부엉이 소리

잠시 몸 녹인 첫새벽 막살이 집
눈길에 새로운 흔적 깊이 새기며 가는 길
갈라진 발뒤꿈치에 눈이 물이 되어 녹아 흘러도
새로운 삶의 방향을 돌아볼 수 없는 세월
동해바다가 훤히 보이는 언덕길에 잠시 쉬어가려
뜨거운 열기 올라오는 쇠똥 무덤에 기대어
집 나설 때 들리어 준 누룽지 한 조각 입에 넣고

우물우물하다 보면 온기에 깜빡 여우잠 들고
한 번 지고 일어서면 작은 산이 움직이는 듯
평생을 아까워서 담배 한 번 입에 대지 못하고
영진 바닷가에서 순개울을 지나가는 길
경포호를 끼고 돌아도 나뭇짐은 팔리지 않고
국밥 한 그릇 말지 못한 바닷길은 벌써 이 십리
싸게만 사려는 사람들로 걸어 걸어 안목바다까지
삼 십리 길 이제 더 이상은 갈 곳이 없다
풀어내려야 할 짐을 더 끌고 가지 못하고
어물들하고 물물로 바꾸어 나뭇짐을 풀면
새벽부터 발걸음으로 헐거워진 하루를 촘촘히 기워도
가난한 배고픔의 시간은 여며지지가 않고

휘영청 밝은 달빛에 술 한 잔 들지 못하고
지게 작대기만 두드리며 돌아오시던 아버지의
반가운 발자국 소리 지금도 들려올 것 같아
문 열면 바람만 휑하니 지나가는
아버지의 어물 걸린 장작 지게

소금

하늘을 담는 창으로부터
느릿느릿 내게로 걸어오는 발길
타는 듯한 고통도
오래 함께 나누다 보면
웃음 터질 날이 온다

햇살이 달구고
세월이 달래가며
세상의 기운 흠뻑 담고
하늘의 미소 머금은
너를 어여쁘게 만난다

오랜 시간 익숙하게 내려앉은
친근한 풍경 속으로 걸어 들어가면
비어 있기에 늘 가득 찬 공간 속에서
어머니의 손길로 깨우는 맛의 향기

오랜 그리움들이

희망의 무늬를 그리며 일어서면
꽃샘추위에 놀란 가슴으로 떨고 있는
어머니의 봄이
우리를 식탁으로 초대하고 있다

조선낫

모루 뚝에서 뜨겁게 메질하던
집게잡이도 이제는 떠나버린 대장간에서
잘 두드려져 질 잘난 조선낫 하나
한때는 푸르게 날 선 목소리로 거칠 것 없이
무수히도 베고 찍어 내렸다

무수히 너와 마주했던
꽃이었던 것들도 베고
풀이었던 것들도 베고
정돈되지 않은 기억들도 베고
아주 근성있던 것들도 베고
머물었던 자리마다
출렁이는 초록의 바다에는
배 지나간 것처럼 그리움의 길이 난다

새벽 산 지게 작대기 두드리며 휘파람과 함께하기도 하고
농익은 막걸리 한 사발에 넘어가던 육자배기와도
함께였지만

거친 숨결 속에서도 베어지고 깎이고 잘려나간 것들은
상처받은 몸들을 서로 부둥켜안으면서도
너를 결코 원망한 적이 없다
둥그런 곡선으로 휘어 오랜 구슬땀과 함께해온
이 빠지고 녹슨 조선낫이여

산목련꽃

긴 사연 묻어 둔 부연동釜淵洞 길
산발치로 소곤거리는 물소리 따라
보채는 햇살
아무리 애타게 불러도
토라져 뒤돌아보지 않던 얼굴이
한달음에 달려온
봄소식에 활짝 웃고 있습니다

어둠 같은 기다림에 빠져
달빛에 몸을 가리다
하늘은 하나 둘 꽃물 들이고
산은 몸의 길을 활짝 열고
남몰래 여며두었던
하얀 제 가슴을 내어 보입니다

한 그루 나무의
봄 앓이에
온 숲은

순백의 청순함으로 눈부시게 빛나고
세상을 향해 띄우는
엽서 한 장이
향기 나는 오후를 걷고 있습니다

치매

조각난
추억의 자투리들
하나둘 모아
골무 끼고
손바느질로
한 땀 한 땀 이어가며
보자기를 만들면
아름다운 옛일들
꽃밭으로 피어난다

제 **3** 부

종소리

종소리

쇠가 운다
새벽 여명에 눈 뜨는 바람을 타고
살며시 소리로 밀고 가는 수면 위에
스스로의 숨결을 드러내는 바람의 무늬
그 속살이 아른아른 눈부시다

새들의 노랫소리를 들었는가
춤추며 흘러가는 파동이 출렁이면
한 송이 꽃이 되어
수면 위에서 춤을 추는 흰 구름

섬과 섬

북풍이 불어오면 꽃봉오리 피어난다
사각의 점을 찍으며 소금꽃이 핀다
규칙을 버려 둔 규칙 속에서 살아나는 빛
표정을 넘어선 표정들로 웃고 우는 바람
사각의 공간을 넘나드는 푸른빛과 점들이
떠나려고 해도 미로처럼 나를 붙들고 있다
질감으로 느낄 수 없는 형체들이 익어
수평선 위로 달이 뜨네, 꽃물이 드네
주저앉아 있을 수 없는 시간의 곡선을 깎으면
깊어지는 느낌들이 얇은 감정 사이로 스미고
경계와 경계 사이를 꿈틀거리는 색과 색들

산에서 사는 일

산에 들어 사는 일
웃을 일밖에 없다
사람 많지 않아 사람 귀한 줄 알고
말 많지 않아 귀 더러울 일 없고
세상사 들리지 않아 속 끓일 일 없고
세상사 들려와도 허허 웃고 말면 그뿐,
참견할 일 없어 그냥 좋다
사람 만나면 만나서 반갑고
숲속 모든 인연 만나면 소중해 좋다
사는 일 이만큼만 계속된다면
무에 부러울 일 있고
그 무엇이 아쉬움 있으랴
그대 곁에 있는데,

다시 길 위에서

상원사 풍경 소리가 깔고 앉은
산 능선의 구비를 따라 밀려오며 밀고 가는
구름 같은 인연의 법칙으로
하나둘 비우고 떠나와서 높게 머문 자리
세월 따라 눅눅하게 눅어져
형태는 허물어져도 마음의 뼈대는 남아
칼바람 옅은 달빛을 온몸으로 받아들이며
적막한 산길 위에 또다시 얹는 발길

오래전 세월을 버린
절터 위 늙은 석탑 위에서
툭 떨어지는 물방울 소리가
숲의 고요를 깨우는
한 호흡으로 찍은 점 하나에
꽃들은 숨죽이고
향기로 그득 물든 우주 만물들

세상 읽기

멀리서 봐야 한다
멀리서 봐야 보일 때가 있다

눈으로 보았던 것만이
세상 모든 것은 아니었다

도무지 알 수가 없는 것이
도무지 드러내지 않는 속내가
달빛 아래 숲을 깨우는
바람 소리만 가슴 쓸고 가는데

홍매화가 피려하네

무엇을 지켜야 하는지를 알고
서로를 의지하고 있는 것들은
새하얀 눈밭의 매운바람 속에서도
저리 당당한 생기가 돈다

느리게 바람처럼 흘러왔지만
지나온 길들은
벌써 저만큼 지나쳐 있고
왔던 길로
늘 되돌아가지만
새로운 듯 길을 잃는다

하루를 사이에 두고
교차하는 계절 사이에
벗어 놓은 목도리를 다시 챙기며
반대의 속도로 움직이는 바람이
자분자분 말 걸어와도
다시는 뒤돌아보지 않기

조금만 조금만 더 하며

떼지 못하는 눈길

그래 따스한 날의 시작은

어차피 이렇게 쌀쌀해야 하리라

누군가 자꾸만 쳐다본다고 해도

불그스레하게 얼굴색 변하지 않기

적멸보궁 寂滅寶宮

비 울림 깊던 날 와락 밀려드는 산 내음이
젊은 날 미련처럼 진하게 와 닿으면
흙과 나무들의 맨살 내음이 산과 계곡을 건너가고

안개에 잠겨 언뜻언뜻 비치는 그녀의 푸른 치맛자락처럼
펄럭이는 물소리로 반겨 웃는 여름

깊은 숲을 밟고 오는 새벽에
눈을 뜨는 화엄 세상이 능선을 넘어 내게로 온다

솟을빗살무늬

손으로 만지며 절하고 들고
눈으로 만지며 절하고 나는

하늘 가까운 천년 터 밑에
하늘과 땅과 사람의 어우러짐을
공간으로 나누고
다름으로 포용하는
서로를 엮어 화려하게 꽃으로 피어난다

누구의 미소가 내려와
천년을 묵묵히 앉아있는가
창호를 건너
방에 비치는 선인들의 향기
수행자의 가슴에
비춘 꽃 그림자

동안거冬安居

설해목雪害木 바람 소리에 잉잉 울던 날
차 한 잔이 따스할 때
아주 소소한 곳으로부터 솟아오르는 기운
있지만 사라지는 것들과
없어졌지만 끝끝내 남아있는 것들이
화롯불처럼 벌겋게 일어서서
온 바다를 불 질러 태울 듯이
이글거리는 태양처럼 격랑 속에서
둥실둥실 떠다니고 있다

떠나서 더욱 그리운 어머니의 품속처럼
끊어진 배움 사이 망상이 파고들 때면
진리는 문자 사이로 오지 않는데
내려놓은 마음자리에
물러서지 않는 믿음을 밝혀둔다

조장鳥葬

작은 것만을 허락한
신령의 땅에서 기도하며
기다리는 삶들은
존재의 의미를 새롭게 일깨우고
가장 높은 곳에서 살지만
가장 낮은 곳에 놓아둔 마음자리는
산과 들과 하늘을 닮아가고
순수한 눈으로 살아온 영혼이
자연으로 향하는
두려움 없는 발길
살점도 저며 먹이고
뼛조각까지 남김없이
새의 깃털에 실어
한 걸음 더
천국으로 가까이 다가서는 모습에
환하게 짓는 미소

사랑의 전설

늘 떠나더라도
언제나 편안하게 돌아올 수 있는 공간
다 드러내지 않아
숨어 있는 비밀이 있어 아름다운 새벽
사소한 일상들이
삶의 행복이란 것
떠나본 적이 없기에
떠남의 의미를 읽지 못하였습니다

신앙처럼 맑은 영혼을 향해
파도를 헤치며 달려가는 나의 기도
보이지 않아도 믿고 있습니다
빛 속에서 웃고 있을 그대여
들리지 않아도 믿고 있습니다
영원한 나의 신앙 그대여
부재의 시간 속에서도
활활 타오르는 신념
그렇게 나의 사랑은

그대의 낮은 음성 속에서 피어납니다

이름마저 떨어져 나간 산마루
노을 떠난 하늘 바라보며
밤하늘 별 보다 더 다정한
사랑 이야기와
들판의 꽃들보다 더 아름다운
사랑 노래가 울려 퍼지는
천년 넘은 대웅전 기둥을
손톱으로 긁어내면
오래된 전설이 내게로 달려옵니다

산문山門을 나서며

아무도 없는 한적한 산문을 나서며
안개는 층층이 세상을 가리고
누구도 지난 적이 없을 것 같은 길에도
옛사람의 흔적은 선명하게 남아
발걸음 조심조심 세상 향해 딛으라 하네

가까이에서 깊어지는 부끄러움으로
문 하나 열고 들어온 세상
무얼 보고 무얼 버렸는가
어둠 속으로 걸어 들어가
색이 있었으나 색을 버려
진정 자연의 색을 입게 된 전각의 나무처럼
하나의 밝음을 바라보고 나오게 되었는지
정수리를 스치고 지나가는
큰 어른의 회초리가 큰 눈을 뜨게 하는데
먹구름은 빙긋 웃으며 어서어서 가라 하고
시월의 빗소리는 서두르지 않고 흘러내려
조용히 비워낸 침묵의 시간만

쌓아두고 걸어가네

가을이 단풍 든 길을 따라 걷는 하루
눈부신 삶의 행간에
바람은 바람 소리를 따라
오랜 상념 떠나보내고
물은 물소리를 따라 제 아픔 이리저리 굴리며
새로움을 새기려던 첫 마음을
다시 떠올리게 하네

불의 노래

씻김굿의 춤사위처럼

이승과 저승의 구분 없이 그대

강렬한 발걸음으로 걸어 본 일 있는가

한 번도 세상을 향해 드러내 보인 적 없는 적의敵意

흔들리지 않는 호흡 속에서

남은 불씨 번져 오르면 꺼질 줄을 모르고

닿을 수 없는 곳을 향한 갑갑함으로부터 터져 나와

날개를 펼치며 말없이 타오르는

생명으로 너울거리는 불의 춤을 보아라

너를 바라보면서 주저하지 않고 흘렸던 눈물

다시는 피어나지 못할 꿈이라고 해도

한 번 타오르면 재가 되고 나서야 꺼지는 속성을 알기에

정말 부드럽지 않으면 강해질 수 없어서

말할 수 없었던 비밀들 정원에 묻어 두고

방황 속에서도 표현할 수 없었던

모든 것들 하나둘 불 지르며

하나의 그리움을 향하여 타들어 가는 한 송이의 꽃

어떻게 누가 불러오는가, 내부의 정열

저 평온한 무자비함과 압도하는 아름다움은

크거나 혹은 자그마한 동작들로 이어지고

운명 속의 바람을 타고

방향과 질서도 없는 갈망들이 한순간

모든 것들을 휩쓸고 역류하는 굉음 속을 파고드는

그 불꽃들을 내려다보며

지나쳐간 흔적의 상흔들을 만져본다

끝난 후에는

한 걸음씩 먼저 앞서서 나가는 발걸음

후끈한 열기로 남아 번져가는 너는

날개 없이도 훨훨 날아다닌다

바람과 꽃, 범의 꼬리

능선을 타고 남몰래 다가와
탐욕의 눈길 보내더니
속적삼 마구 헤집는
저 무도한 손길 좀 보아
햇살아! 청청한 대낮에
내 탓이 아니라
너의 그 진한 유혹 탓이라는 듯
붉은 입술 마구 유린하는
아! 저 몹쓸 놈의 주둥이를
아무것도 꺼릴 것 없다는 듯이
마구잡이로 들이대는 것 좀 보아

조급한 마음에 더더욱 서툰 손길
반항 한 번 제대로 하지 못하고
체념해 버린 듯한 표정의
저 아린 눈물을 좀 보아,
사르르르 사르르르
작디작은 흐느낌

종소리 물결치듯 번져가는
9월의 분홍빛 속살을 보아

풀꽃 사랑

길이 나를 떠나보내고
나는 길을 잃고 서성이다가
그대의 강물에
그물을 펼쳐놓고
물기 어린 안개 속에서
기다리는 시간 내내
세상은 텅 비어 버리고
비워진 곳을 가득 메우는 바람

이름 모를 풀잎들을 보면서
그대를 떠올리며
오솔길을 지나면
노랗게 물들어 버린 그리움이
풀꽃을 피웁니다

휘어지며 내려서는
산그늘을 따라 펼쳐지는
그대의 흔적이

나를 조심스레 부를 때

놀란 눈 뜨면 떠나버리는

안타까운 시선

눈물의 끝에 머무는 그대 때문에

들꽃들 아프게 흔들립니다

탄금彈琴

한쪽 하늘 귀퉁이를 가리고 선
비어 있는 시간의 오랜 이야기들을
눈빛으로 죄고
마음으로 풀어내면
손끝에서 피어오르는 운무
격정은 파도소리처럼 밀려들어
흔들리며 가는
그 허튼 가락들

천년을 이어오며
단단함을 받치고 선
수채화 같은 음률 띄워두고
울림을 따라가는 하늘길
꽃무늬로 방울방울 수놓은 허공
가을바람이 서러운 오동은
달빛을 타며 울고 있다

주문진의 꿈

살아서 펄펄 뛰는 푸른 심장들이
주문진 항구를 떠나면
어둠 저 멀리 한 줌의 불빛에도 떨리는 가슴
찰나를 이어가는 눈빛
그 강렬함이 파도를 넘으며 번득인다

손끝에 묻어나는 시린 날의 추억들을
세월의 그물로 거두어들이면
차가운 바람 속에서
기도로 이어지는 긴 하루가 저물고
낯익은 자들의 웃음 속으로 녹아들어
안주가 되어 씹히기도 하고…

가난한 자들의 피와 살이 되는
푸른 파도 위의 삶
그 여정의 파고가 높다

제 **4** 부
그리움이
문을 열 때

허물

오래도록
산 하나 들여다보고 있으면
그 산 하나
어느새 내게 들어서 있고

오래도록
깊은 바다 들여다보고 있으면
깊어진 그 바다
어느새 내게 들어서 있고

걸어온 발자국마다
부끄러운 높이만큼 높아져 있다
들여다본 눈길만큼
부끄러운 깊이만큼
깊어져 있다

나의 허물은

그리움이 문을 열 때

그대의 눈빛 너무나 눈부시다. 그냥 바람이었을까
잠시 내게 머물다가 스쳐 지나가는 바람이었을까
하지만 한 번 스며든 사랑은 그 자리를 떠나지 못하는데
눈 덮인 산속에 나 하나 피었다 지는 일이
어떤 의미인지 알 수는 없지만 강하게 달라붙는 추위에
푸른 입술 부들부들 떨며 밀려 나온 내부의 살점들
분홍 꽃잎은 바람을 물고 있다
두려워도 일어서야 한다
눈 속에서도 떨치고 일어서는 작은 모습이 한 방울의 눈물을
만들고
가까운 것들이 허공 속에서 그저 잠시 머물다 떠나지만
지나가고 나면 곧 잊혀지는 그대를 향한 나의 시선은
조금씩 흔들리고 있다
어둠이 열어둔 문틈으로 작은 비명처럼 터져 나오는 환호
꽃들은 그렇게 겨우내 감춰둔 향기로 나무의 상처를 어루만
지며
부를 수 없는 이름을 입에 넣고 너무나 이른 절정을 수놓는다

시작과 끝

끝은 정작
끝을 내기 위해
그곳에 서 있는 것이 아니다
새로운 시작을 위해
그 끝에
다시 서는 것이다

남겨둘 것
온전히 남겨두기 위해
내 발길은
그대 걸음 멈춰선 곳에서
새롭게 시작한다

새로운 것이란
늘 삶의
최전방에 서 있다

그날을 기리며

눈을 뜨면 늘 오늘이 마지막이다
자작나무가 늘어선 숲길을 따라 부표처럼 떠도는 시간
날아오르는 법을 잃어버린 이상의 시간은 떠나고
길고 긴 플랫폼에 서서 그날을 맞는다
훌훌 털어 놓아두었기에
모든 것을 지킬 수 있었다
한때 검은 먹구름이 모든 하늘을 덮어도
언젠가는 맑게 개듯
먹구름 물러간 햇살 사이로 무지개가 떠오르고
초록이 상처를 덮으며
빛으로 떠오르는 하루
광장에 가득 쏟아져 내리는 그날의 별빛이
오늘도 반짝이고 있다

고통

고통은
홀로 치유하는 것이 아니다
누군가와
등을 함께 기대고
조금씩 나누어 가며
서로의 체온을 확인해 가는
아름다운 과정이다

무너져 내린 마음
감당할 수 없는 현실이지만
현실 속의 답이 아닌
새로운 시각의 답을
가슴에 품고
신선한 확신으로
한 사람을 보면서 걸어가면
잃어버린 용기가
다시 솟아오른다

낱말

낱말이 낱말에게 찔렸다

알 수 없는 바람 한 조각이
뒤뜰을 수상하게 살피고
지나가던 계절이 온기를 잃으면
잠시 서성거리던 그대는 떠나고
지난 겨울 내내 나는
감당하지 못하는 낱말에 묶여
하얗게 얼어붙었다

두문불출 열릴 줄 모르던
꿈이 길을 열자
실눈 뜨는 개나리 꽃송이가
조용히 전하는 소식으로
조금씩 채워 가는 불의 시간
집 없는 산비둘기 노래에 실려
달빛 따라 출렁이며 춤을 춘다

한 송이 꽃 같았던 낱말이

훨훨 날아다니다가

조용히 허공에 머무는 순간

누군가의 눈빛에 감전되어

위험한 상상을 하고

해빙되어 고장 난 수도꼭지에서

철철 흘러내리는 물처럼

지나간 구속을 풀고

빗물이 되어 흘러내린다

흐르는 선

물은 어둠 속에서 자유롭다
갇혀 있는 공간 속에서 스스로 경계의 틀에 맞춘다
시간의 흐름에 몸을 맡기고 높이의 흐름을 좇는다

때로는 흔적을 남기기도 하고
때로는 흔적도 없이 사라지기도 하지만
기화되어 사라진다고 하여도 존재의 소멸은 아니다
꿈과 현실 사이에 아무런 인과관계가 없다고 하여도
꿈 자체가 없었던 일은 아니기에 커다란 원 속으로 걸어 들어가는
우리들 무의식의 행동들은 물줄기를 따라 흐르고 가만히
사선으로 흐르는 빗줄기를 바라다보면서 현실이 꿈인지
꿈이 현실인지 막연한 허전함이 스스로를 어리둥절하게 할 때
나는 빨간 문양의 상징 속에서 걸어 나온다

빛의 시간과 어둠의 시간이 혼재하여
작은 우주를 깨우는 깨달음을 향해 가는 길에
보이는 모든 것들을 차단하고 들리는 모든 것들을 막아본다
빛이 물러선 자리에 어둠이 내리고 어둠이 떠난 자리에 빛이
내린다

어디로 향하여 걸어가야 하는 것인가

답답함을 벗어 던지며 믿음의 빛이 나를 부를 때

빨갛게 달구어진 고통은 한 걸음 물러서서 보면

한 줄기 희망으로 나아가는 통로일지 모른다

오랜 침묵 속에 숨어 있는 눈을 열고 귀를 열어 보이는 모든
사물을

환희로 맞고 들려오는 모든 소리를 오감을 열어 느끼면

태양과 달의 조화라고만 생각하기에는 생명의 모든 신비를

작은 씨앗 하나에 감춰두기 힘든 커다란 비밀 같은 의문이다

상징의 씨앗들은 대지에 묻혀서 싹을 틔우고

흐르는 것들은 늘 정해지지 않은

그러나 자기의 길이라고 믿는 선을 따라 걸어간다

누구도 이 길이라고 말하지 않는다

흔적으로 남은 선을 따라 길이라며 꿈속에서 걸어왔던 길을
찾아가며

약속된 시간에 등불을 켜고 걸어가야 한다

말

오랜 시간
가슴 속에서만
머물러 있으면
시든 꽃잎으로
떨어져 날릴 것을

무심코
떠나보내고 나면
돌이킬 수 없는
독화살이 되어
날아오는

말의 강둑에
오래도록 서서
밀려드는 말 줄기들을 보며
그 말에 또 줄기를 보태며
스스로의 말을
지켜내려 하면

그 거센 물결이

견고한 둑을 무너트리고

장면과 장면 속에서

스스로를 찌르는

잘 벼른 칼날이 되고 만다

독사

세상 독해야 사는 법이여
독사, 독사라고 하지만
건드리지만 않으면 누가 뭐래
아무도 해치지 않지
사람이 있으면 스스로 조용히 피해가지
스르르르 흔적도 남기지 않고
세상을 건너가는 법을 알지

건드리지 마라
세상이 모르는 독을 간직하고
너를 기다리고 있을지도 모르니까

매듭

꽃과 나비의 여백 사이를
본능처럼 매고 죄며
이성과 본능의 반작용으로
점과 점을 이어
믿음의 선으로 마디를 엮으면
우연들이 남기고 간
낯익은 기억 속의
어제와 오늘이 고리를 짓는다

변명을 마련해 두고
걸어가는 길
꼬일 대로 꼬여 버린
미로의 흔적 다 지우면
그림은 시가 되고
한 다발 향기로 남은
첫사랑의 시는 기억을 지우며
단단한 매듭을 푼다

비상

표정 없는
무채색
고요가 내려앉아
길인 듯
길 아닌 듯
아득한
저 너머로 향하는
먹먹한
걸음걸이로
빙빙빙 제자리만 맴돌며
사방무늬를 찍는 하루

한 땀
한 땀의 정성으로
감치고
수놓아도
잠들지 않는 이별
어둠 속에서

서서히 드러나는 표정으로

꿈꾸며 걸어온

나는

자유로운 한 마리

물고기였는지도 모르겠다

단지동맹

팔십 년대가 흘려두고 간 오래된 풍경화
그 헐거워진 나사못의 녹슨 자국이
선명하게 드러나는 거리에 서서 가만히 사방을 둘러보면
길은 나의 첫걸음에서부터 시작되고
부정의 그림자 뒤에서 가만히 숨어 있을 수 없다
내게 보이는 것을 나는 본다
내가 지켜야 할 것들을 나는 지킨다
보이는 것을 있는 그대로 보고
지켜야 할 것을 끝끝내 지켜야 한다
지친 발걸음이 쌓이면 풀들은 잠시 멈추고
뒤를 돌아보라고 한다
조국의 독립과 동양의 평화를 위해
그때 다잡던 그 마음
열두 개의 단지로 남은 의기
모든 것이 흐트러져 있어도 하나하나 일으켜 세워야 한다
감당해야 할 일 온몸으로 감당해 가며
이름 있는 자들도 이름을 지우며 가는 길
작은 어둠을 밝히는 그때의 핏방울들

떠난 이들의 맑은 눈물 방울방울 내리는데
상처가 지나가면 새살이 돋아 오르듯이
숨어 있던 고통과 오랜 줄다리기는 계속되고
연록으로 돌아오를 조국의 산하를 그리는 이들이여
어눌한 눈길로 바라보는 포시에트 항구
아이들의 눈길에서 떨어져 내리는 작은 평화
어느새 하얗게 젖어버린 물안개가
반짝이는 흔적을 지우려 할 때
우리들은 굳건하게 뿌리내린 한 그루 푸른 솔이 되어
익숙한 몸짓으로 새로운 하루를 길어 올린다

징비록懲毖錄

뜨겁다 뜨거워
들고 있을 수도 내려놓을 수도 없다
바람 때문에 상처받는다고 하지만
바람도 상처를 받는다

의도하지 않았으나
자기 때문에 부러져버린 나뭇가지 때문에
슬프게도 소맷자락에 닿아
무참하게 떨어져 버린 꽃잎 때문에

바람 앞에서 흔들리지 않는 것이 무엇인가
피로 쓰며 참담했던 어제가 길을 물어도
현실은 늘 긴박하게 바뀌어 가고
이익을 향해서만 늘 촉각을 곤두세운다

바람의 길은 형식을 만들지 않고
장애물을 스스로 비켜서며
구속당하지 않고
어느 땅에도 뿌리내리지 않는다

여백을 떠나다

텅 빈 시간이 그리워
오랜 시간 여백 속에 머물면
무기력하게 아무것도 할 수 없어
머문 곳에서 떠나고 싶어진다

떠나 있어도
다시 떠나고 싶다

혼자서만 견뎌야 하는 고통마저 즐겁다면
나를 바라보면서 웃고 있는
그 습관에서 벗어나
그 시간 속을 걸어가는 길

모기

환한 대낮부터
늘 내 뒤를 따르는 소리
찾을 수 없기에
주위를 두리번거리며 살피기만 할 뿐
늘 기척은 내 옆에서 서성거렸다

어둑어둑 내려오는 기다림이
노을에 번져가면
문이 열리듯 그대가 눈에 들어오고
누군가는 보이는 그곳을 향해
온힘을 다해 쫓아가고
누군가는 죽을힘을 다해 도망을 간다

발자국 소리도 남기지 않는
너일 것이라는 믿음을 갖고
길고 긴 기다림의 끝을 향해
호흡마저 멈추고 내려그으며
여름을 떠나보내는 강렬한 소리가

허공에 붉은 꽃물 들이며
모질게 가을 속으로 스며든다

오래된 상처

그때 엄청난 그 일들
하늘이 무너져도
아물지 않을 듯한데
그 날 이후로도
오랫동안
입에서 입을 타고
건너가던 사연들

가고 또 지나가는
시간의 바퀴 속에서
이제는
누군가 기억하며
깊이 들여다봐야만
그 흔적을 볼 수 있는
아주 오래된 상처

노름마치

눈물이 슬픔의 근원을 향해
거슬러 올라가는 작은 물줄기이듯
생의 지문들이 수없이 그려낸
허공 속의 그림
고통이 사라지고 남은 자리에서
엇박자로 걷는 걸음
형체에 갇혀 있던 몸짓들이
풀려 내리는 소리에
부서져 내리려는 가녀린 육체가
경계에서 멈칫거린다
달고 쓴 세상사에 휘둘려
격정의 장단에 놀아나고 나면
어느새 경계를 비틀고 넘어선다
소지燒紙로 오르는 시간
뚝뚝 떨어져 내리는 앵혈鸎血들
길도 사라지고
소리도 무너지고
시간도 넋을 잃는다

제 5 부

달항아리

매

길고 긴 몰입 속에서
바람이 눈을 뜨면
수면을 차고 나가는
그의 시선

미동도 없는 실체를 향해
직선으로 내리꽂는
숨 막히는 시간

조용히 어둠 속에서
떨리고 있는 소나무 가지
달빛이 훔쳐보는
길들지 않는 야성

침묵의 봄

아프게 데어버린
내 운명의 발화점처럼
가장 먼 가지에서부터
꽃은 피기 시작했습니다

풍경과 풍경 사이를 건너가던
봄볕에 덧나버려
하얗게 잡혀버린 물집에서는
흰 아지랑이가 걸어가고

나비의 날갯짓을 바라보며
바닥을 찾아들던 절망의 시간들이
견딜 수 없음을 견뎌낼 때

함부로 건너지 못하는 봄의 길
점하나 찍는 일도
가슴 아픕니다

봄볕

화창한 날
봄볕 한 줄 들어도
너무 행복한데
더 이상
들이는 것에
욕심내지 않습니다

들풀과 꽃잎들도
욕심내지 않고
서로의 색을 양보하면서
웃으며 나누는데
아름다운 햇살 하나
내게 건너오니
이리도 아름다운
봄날입니다

가을 샛강

빛으로 나아가고
소리로 따라가며
흐르는 생명의 소리를 머금은
사람들이 버려둔 길에
꽃과 나무들 자라나서
아름답게 피어납니다

누군가 떨구고 간
사랑 이야기의
슬픔을 닦아내는
이슬방울들이
막막한 어둠 속에서도
반짝이고 있습니다

갈 수 있는 길이라고
함부로 내딛지 않는 발길로
갈대꽃 흔들리는
가을 샛강을 따라

멀리 건너가 있는 그대가

홀로 견뎌내는 시간 내내

은빛으로 흘러내리고 있습니다

들밥

장단지로 부엌으로
부산하게 움직이다 부뚜막에 앉아
들나물 오물조물 무치고
산나물 조물조물 무치고
지짐이 타닥타닥 지져서
채반 가득 정을 퍼 담고
들밥 내는 발걸음에
콧노래 왜 아니 나오려나

천둥소리 곳곳에서 들려오고
군침이 입안 가득 살살 도는 시간
손목엔 호미 들 힘조차 남아있질 않는데
일 힘은 밥의 힘인지라
묵밥 한 사발과
감자밥 고추장에 퍽퍽 비비고
풋고추를 된장에 발라가며
땡볕에 앉아 고봉밥을 먹고
텁텁하고 끈끈한 막걸리

손가락으로 휘휘 저어가며 마시고
주둥이 가득 묻은 흔적을
소매로 한번 쓱 훔치며
걸걸한 웃음 흘려 본다

산골의 비탈진 삶
무엇인가를 탐하는 것은
얼마나 허망한 일인가를 알기에
해지기 전까지
벌여놓은 일 마무리하고 나니
밭이랑은 가지런하고
두둑해진 마음
아 등골 휘도록 흐뭇한 오후

달항아리

불씨 하나 가슴 깊이 묻어 두고
날마다 어둠의 이불자락을 덮고
살포시 드러누워 잠드는 낯선 담장의 경계
텅 빈 영창映窓가에 인연으로 모신 달항아리

무너져 내린 투박한 삶
뒤틀리면 틀리는 대로 불의 조화에 생명을 맡기면
포개어진 잇잠 사이로 너그러운 선
두드리지 않아도 가만 귀 기울이면 들려오는
숨죽인 도공의 간절한 기도

정월 열사흘 순수의 황톳빛
태토의 흔적들 한껏 부풀어 올라
하늘을 담는 꽃송이
시간의 축을 따라 흐르는 달빛의 정원
잔 들고 슬그머니 내미는 조심스런 발 디딤
바람 따라 꽃 날리면 터지는 입안의 폭죽
한마디의 말이 그립지만

기다림의 틀 속에 가두어버리고
더 많이 기다려야 한다는 통 울음소리
가슴에 번진다

어미의 뱃속 같은 어둠 번져
보이지 않으나 마주하면 스스로를 맑게 비춰
향기로 피워내는 작은 균열들
윗선과 아랫선이 어우르며 만나고
얼기설기 묻은 유약 넉넉한 그 여유에
눈처럼 무덤덤한 표정으로 비선飛仙의 시간을 날린다

가만히 제 속 들여다보는 하얀 눈동자
겨우내 잠들고 있던
낮은 후원의 시간을 베고 가는 바람
조선의 긴 한 밤을 꼴딱 새워버린 둥근 달

바이칼 호수

그곳에서 결정으로
얼어붙지 않는 것은 무엇인가

아름다움에 빠져
들어가기는 했으나
되돌아 나올 수 없었던
깊고 오래된 비밀을 감춰두고
끝을 보여주지 않는 호수

청록으로 반짝이는 얼음 위에
고운 보자기 풀어헤친 듯
아름답게 물든 노을을 뒤로하고
밤이면 별들이 내려앉아
서로의 눈을 맞추는 곳

상징으로 반짝이는
자작나무 숲길을 따라 들어선
아담한 통나무집에서 맞이하는

떠오르는 밝은 해는

눈부신 햇살로 푸른 호수 위에서

투망질 한다

오대산 월정사

시리디시린
오대의 물속에 몸 담그고
반짝이는 햇살 바라다보면
살아있음의 무심함과
활짝 열지 못하고 엉거주춤한
세상의 그리움들이
살포시 열고 있는 꽃잎
그 내밀한 아름다움에
온통 취해버립니다

잠시 피었다가
사라져 간들
아쉬움 없겠습니까
보랏빛 엉겅퀴들이
푸르름 안에 점을 찍고
씁쓸한 아픔의 흔적들이
가시로 돋아 오르지만
제 속의 아름다움이야

감출 수 있겠는지요

들어서면 맑아지고
깊어지면 편안해지는
꿈인 듯 현실인 듯
선물처럼 반갑고 아름다운
향기가 짙게 퍼져
깊어진 어둠이 준비한
오대의 여명 속을 달려갑니다

큰 스님

때로 바쁘고 힘이 들면
고개 번쩍 들고
하늘을 바라다보게
흰 구름 속에 비춰지는
그리운 얼굴도 바라보고
심술 맞게 그 얼굴 지우고 가는
바람도 맞으면서
신나게 한번 웃어도 보게

종이배 띄우며
비밀처럼 중얼거렸던 그 소원
어디쯤 흘러가고 있는지
아니면 흐르다가
어느 강가에 멈추어 서서
검붉게 노을 지는 하늘 위
총총한 별빛을 바라보며
순한 눈빛을
보내고 있는 지도 모르지

지난날의 추억들이

새삼스럽게

오늘의 안부가 되는 시간

익숙했던 발자국 소리

다정하게 건네던 그 목소리

내 곁에 조용히 다녀가신다

다산 정약용

눈물로 걸었던 길에
꽃이 핀다
유배된 시간만큼
돌이킬 수 없는 현실
뿌리로 서로 엉켜 들어
산향山香 그윽해지는 숲속 정원에는
약천藥泉이 졸졸 흐르고
돌 하나 남겨둔 임의 흔적 더듬어
만남을 향해
열려있는 길을 따라
차향 가득 퍼져 가면
입안 가득 번져가는 생각들 속에서
원망도 사라져 가고
통곡도 스러진다

흔적으로만 남은 당신의 체취로
산과 산이 더욱 다정하고
섬과 섬들이 서로를 애타게 그린다

밀려오고 밀려가는 갯벌 사이로
드러나는 생의 숨바꼭질들
길고 긴 기다림 속에서
굳어졌던 얼굴을 펴며
만족의 미소를 짓는 나그네는
유폐된 바람의 포승줄을 풀고
기약 없는 발길을 옮겨간다

눈[雪] 사랑

두려움이
그대에게로 가는 길을 잊게 만들었습니다
이별의 문 앞에 서서
안타깝고 슬프다고 그 문을 열지 않을 수 없습니다
여기까지가 전부라는 것을 하나둘 인정하면서
이제는 부드러운 표정을 지으며
문을 열어야 합니다

아주 늦지 않도록
나의 사랑이 너무 메마르지 않도록
작은 소홀에 너무 아픈 갈증 느끼지 않도록
기도하며 그대에게 갑니다
나쁜 추억은 때늦은 고백에도 중심을 잡지 못하고
미소를 잃어버린 채 비밀의 상처가 됩니다

나에게로 오는 작은 파도처럼
부서지고 넘어지면서
두려움 없는 하얀 감정들을 그리움의 꽃병에 꽂아둡니다

내 삶의 전부가 아니라면
그대는 내 인생의 그 무엇도 아니기에
사랑도 삶의 이유도 햇살에 걸어 둔
푸른 바다를 배경으로 눈이 내리고
우리가 걸어온 길 지우며 이별의 꽃보라가 날립니다

한때 그대의 가슴 속으로 깊이 걸어 들어간 나는
작은 온기에도 그만 흘러내리고 마는
그런 연약한 사랑이었습니다
해무에 스며들어 흐릿해진 저녁
내 곁에 없어도
마침표를 찍을 수 없는 언제나 함께하는 사랑입니다
그대는

는개비

흐릿한 목 메임이
가는 발걸음을 잡으면
말 없는 푸른 풀들 흔들리며 일어나고
보이지 않는 발걸음에
이제는 아득히 멀어진
봄바람 같은 눈물들 몰려듭니다

삼거리에서
강을 건너는 풍경까지
꽃망울 깨어나는 인연의 길에 젖어들 수 있어
그리움은
한 곳만 바라볼 수 있었습니다

묵묵히 그저
자기의 길만 터벅터벅 걸어가는 일
그것이 잘못일 수 있습니다
그것이 큰 죄가 될 수 있습니다
아무것도 모르고

그저 자기의 길을 걸어간 것뿐일지라도
정말 커다란 잘못일 수 있습니다

그윽하게 바라보는 눈길
의식하지 못한 채 스며들어
살포시 세상 감싸고
설렘으로 가슴 뛰던 날
가려진 시선만큼이나
더욱 그리운 얼굴
세상을 가득 채운 그대의 향기

고장 난 전축

낡은 종이 한 장 눈빛으로 뚫어본 적이 없다
바위틈을 뚫고 일어서는 나무들의 모습을 보며
무엇 하나 쉽게 보고 우습게 여기면 안 된다는 것을 느끼지
오래된 집중은 즐겁고 흥미롭게 반짝이며
고장 난 전축을 풀고 땜질하고 조립하여
처음 내게로 왔던 날들의 아련한 기쁨을 떠올리는
가을 햇살이 몹시 따스하다

노래 속에서 청춘이야 흘러가 버렸지만
잊혀진 낭만도 따라 흘러가 버렸지만
삶의 흔적들은 늘 목적을 향하여
빛과 그림자를 길게 늘여 내리고
그 노래에 정들고 그 늪에 빠져
속정에서 헤어나지 못할 때
그때에서야 우리는 평소 느끼지 못하는
속박의 행복을 발견한다
향기란 그런 것이지, 어디에서 오는지 모르지만
감각으로 전해지는 감동

설사

닥쳐보아야 안다

그 조급함과
부글부글 끓어오르는
지난 시간의 후회로 인한
고난의 길
끝을 알 수 없기에
섣부른 마무리도
할 수 없다

모든 것이 다 비워진
혼미한 하루
덜어냄의 평온함과
그 공복 속에서
비로소 풀어져 내리는 평화

가난한 사랑

지독한 가난
그거 암것도 아녀

지독한 사랑 앞에서는
솜털처럼
부드러운 정 앞에서는

부재의 시간과
꿈이 익는 길목을 걷다

박 해 림
(시인)

부재의 시간과
꿈이 익는 길목을 걷다

박 해 림
(시인)

사유는 일상을 살아내는 가장 큰 힘 중 하나를 차지한다. 이는 생활하면서 얻어지는 경험과 감상, 각자가 갖는 삶의 범위 내에서 정해지기 마련이다. 더 나아가 주변 사물들과의 관계, 지식, 추구하는 내용과 지향하는 방식에 따라 사회적 환경의 한계를 갖기도 한다. 대체로 개인의 사유는 이러한 토대 위에서 잉태되고 성장한다. 이는 '사물이 자체 운동의 일정한 단계에서 일정한 상태를 유지하며 질적 안정성을 유지한다. 그러므로 우

리는 비로소 사물을 인식할 수 있고 다른 사물을 구별해 낼'
수 있다는 말과 부합한다. 사물이 쉬지 않고 운동을 하는 것은
정지 상태에 이르렀으나 정지하지 않는다는 원리를 갖기 때문
인데 '모든 사물은 변화한다' 는 논리의 타당성을 갖는 이유도
된다. 이같이 사유는 끊임없이 생각하고 궁리하는 것, 변화를
추구하지만 한편 정지해있는 것만 같은 '고요한 흔적' 의 양상
이라고도 할 수 있다. 그러나 운동 없이 흔적은 만들어지지 않
는다. 이종완의 시편들은 이같이 대체로 정지한 듯 흐르고 흐
르면서 멈추는 반복의 여정에 놓여 일상과 삶의 변화를 추구한
다. 쉬지 않는 상대적인 운동으로 변화를 추구하며 시인의 삶
과 이상을 잔잔히 뒤흔들어놓는다.

1.

   이종완 시인의 첫 번째 시집인 『어느 봄날』 시편은 대체로 자
아 반성, 생명 인식, 꿈, 도약, 지향, 사랑, 감사 등으로 구성되
어 있다. 꽃과 사물에 대한 따뜻한 시선과 내면을 향한 일종의
구도와도 같은 잔잔한 삶의 향방을 보여준다. 이는 일상에서
마주치는 대상을 밀어내지 않고 따뜻하게 품는 것에서도 드러
난다. 한 발 멀리, 때로는 가까이 다가가서 관조하나 섬세한 시
선으로 헤아리는 품새가 남다르다. 대상을 자세히 들여다보거

나 가까이 귀를 기울이지 않으면 대상이 가진 가치를 모른 척 지나쳐버리기 일쑤인데 시인은 그렇지 않다. 시인이 가진 세심함이 시 전편에 잔잔하게 펼쳐져 있을 뿐만 아니라. 적극적으로 대상에게 다가가서 구체적으로 세계를 열어 보인다.

매서운 바람 가득한
가문 봄 들판
한 줌 햇빛 모여드는 곳
세상에 널린 배고픔이
밟고 지나간 자리마다
성글게 돋아 오르는 희망
춘궁기 주려오는 뱃구레는
어찌해도 메울 길이 없는데
푸르게 혹은 검붉은 눈망울로
납죽납죽 엎드려 바라보는
생명을 만난다

해 맑은 봄빛 맞으며
허리 쭉 펴고 건성건성 다니면
보일 것도 숨어버리니
땅바닥에 코끝이 닿도록
엎드려 기도하는 마음으로
땅바닥을 바라보며
간절한 마음으로 다녀야 한다

눈물 속에서 피어나는
새봄의 향기를 맡는다

(……)

— 「냉이」 부분

끝은 정작
끝을 내기 위해
그곳에 서 있는 것이 아니다
새로운 시작을 위해
그 끝에
다시 서는 것이다

남겨둘 것
온전히 남겨두기 위해
내 발길은
그대 걸음 멈춰선 곳에서
새롭게 시작한다

새로운 것이란
늘 삶의
최전방에 서 있다

— 「시작과 끝」 전문

봄을 알리는 전령사에 '냉이' 만한 것이 없다. 나뭇가지에 막 돋은 꽃보다 더 진득한 찰진 봄이다. 시인은 혹한을 뚫고 솟아 언 땅에 잎사귀를 펼쳐놓는 당찬 두해살이 풀, 땅속 깊은 곳에 그 뿌리를 두고 있는 것에 주목했다. 냉이를 깊이 들여다본다. 냉이가 던지는 새봄을 엿보기로 한 것이다. '매서운 바람 가득한/가문 봄 들판/ 한 줌 햇빛 모여드는 곳' 이다. 그곳은 지나간 시간이 고여 있다. '세상에 널린 배고픔이/ 밟고 지나간 자리마다/ 성글게 돋아 오르는 희망' 이 있는 곳이다. '납죽납죽' 이라는 의태어의 신선함에 유난히 눈길이 가는 이유는 무엇일까. 춘궁기에 배고픔을 면해주고 혹한을 지나 새봄을 가장 먼저 알려주는 식물 중의 하나인 '냉이' 의 존재는 '생명' 그 자체로 각인된다. 시인은 '땅바닥에 코끝이 닿도록/ 엎드려 기도하는 마음으로' 다니기를 자신에게 다짐한다. 생명은 곧 희망이며 삶을 지속하여야 할 이유가 되기 때문이다. 시「시작과 끝」에서도 그 다짐이 엿보인다. '끝은 정작/ 끝을 내기 위해/ 그곳에 서 있는 것이 아니다/ 새로운 시작을 위해/ 그 끝에/ 다시 서는 것이다' 라고 강조하다. '남겨둘 것/ 온전히 남겨두기 위해/ 내 발길은/ 그대 걸음 멈춰선 곳에서/ 새롭게 시작한다' 조목조목 힘주어 타당성을 짚어가는 시적 화자의 속내는 단단하다. 단단하다 못해 날이 서 있다. '새로운 것이란/ 늘 삶의/ 최전방에 서 있다' 라는 단언의 미래가 그 앞에 놓여 있기 때문이다. 익숙한 것들도 돌아보면 새로운 법이다. 부재의 시간

을 지나 꿈을 향해 달릴 때 늘 새로운 도약이 된다는 것을 시인
은 알고 있다.

> 아무도 없는 한적한 산문을 나서며
> 안개는 층층이 세상을 가리고
> 누구도 지난 적이 없을 것 같은 길에도
> 옛사람의 흔적은 선명하게 남아
> 발걸음 조심조심 세상 향해 딛으라 하네
>
> (……)
>
> 가을이 단풍 든 길을 따라 걷는 하루
> 눈부신 삶의 행간에
> 바람은 바람 소리를 따라
> 오랜 상념 떠나보내고
> 물은 물소리를 따라 제 아픔 이리저리 굴리며
> 새로움을 새기려던 첫 마음을
> 다시 떠올리게 하네
> ──「산문山門을 나서며」 부분
>
> (……)
> 서서히 드러나는 표정으로
> 꿈꾸며 걸어온
> 나는

자유로운 한 마리
물고기였는지 모르겠다

— 「비상」 부분

(……)

남을 바라보지 않고
내 안에 숨어 있는
나만을 바라보며 걸어간다

— 「소문」 부분

(……)

어느 산속
쓰러진 나무의 마딘 나이테에
감아올린 시간의 흔적

(……)

새로운 시작
칼날과 맞선다

— 「도마」 부분

위의 시들은 한 방향에 고정되어 있다. '세상'이다. 세상을
껴안은 자아이다. 어디론가 가야 한다면 그곳은 살만한 세상이
어야 한다. 시인은 '아무도 없는 한적한 산문을 나서며/ 안개
는 층층이 세상을 가리고'(「산문山門을 나서며」) 있음을 마주

하며 옛사람의 흔적에 주목한다. 세상은 녹녹지 않으니 '발걸음 조심조심 세상 향해 딛으라 하네' 조곤조곤 자아를 일깨우고 있다. 그것은 세상을 향한 겸손의 자세이기도 하지만 옛 선현이 살아온 겸손의 미덕에 귀를 열어둠으로써 '새로움을 새기려던 첫 마음을' 정면으로 마주하고자 한다는 것을 알 수 있다. '서서히 드러나는 표정으로/ 꿈꾸며 걸어온/ 나는/ 자유로운 한 마리/ 물고기였는지도 모르겠다'(「비상」)라는 고백 역시 그러하다. 어디로든 갈 수 있고 어디로든 가지 않을 수 있는 선택은 그 자체로 자유로움을 갖는다. '남을 바라보지 않고/ 내 안에 숨어 있는/ 나만을 바라보며 걸어간다'(「소문」)로 이어지는 시인의 선택은 타인의 시선은 중요하지 않다. 숨어 있는 내 속의 나를 찾아내는 일이야말로 누구나 평생 걸려 해야 하는 일이 아닐까. 그 행보를 시 「도마」에서 다시 확인한다. 산길을 가다 만난 쓰러진 나무의 나이테에서 '감아올린 시간의 흔적'을 발견하는 시인은 문득 깨닫는다. 그것은 미래를 향한 '새로운 시작'이라는 것을. 나무에서 도마가 된 이 도구는 잘린 제 몸에 무수한 '칼질'을 얹고 산다. 그것은 무수한 상처이면서 동시에 '누군가의 행복'을 보여주는 증거물이다. 상처 없이 얻어지는 행복이 있으랴. 세상 행복은 그냥 오는 것도 있지만 대부분 혹독한 대가를 담보로 이루어진다. 뜨거운 햇살에 의해 '새로운 시작'을 부여받는 시인의 웅숭깊은 시선은 상처나 흔적 따위는 늘 새로운 출발선을 알리는 신호탄이라는 것을 아는 것이다. 알기에 그것이 칼날 같을지라도 앞을 향한 걸음을 멈추지 않는다.

2.

쇠가 운다
새벽 여명에 눈 뜨는 바람을 타고
살며시 소리로 밀고 가는 수면 위에
스스로의 숨결을 드러내는 바람의 무늬
그 속살이 아른아른 눈부시다

새들의 노랫소리를 들었는가
춤추며 흘러가는 파동이 출렁이면
한 송이 꽃이 되어
수면 위에서 춤을 추는 흰 구름

　　　　　　　　　　　　　　—「종소리」 전문

　이종완 시인이 가진 몇 가지의 강점 중 하나는 아주 익숙하거나 사소해서 순간 지나칠 수 있는 대상에서 '생명성'을 읽어낸다는 데 있다. 그의 행보는 드세지 않고 급하지 않다. 오히려 부드러우면서 조심스럽다. 외유내강의 강인함에 그 무게를 얹는다. 대상을 바라보는 시선 또한 고요하다. 표면에 일렁이는 고요는 그대로 머물지 않고 내면을 일깨우는 힘이 있다. 그가 일상에서 즐겨 들여다보는 대상은 대체로 자연물이거나 삶의 주변을 형성하는 물질이거나 여행, 소소한 일상이지만 그 이면의 신선한 세계를 들추어낸다. 실재의 시간과 그 시간의 영속성을 드러내는 자연적 현상이다. 그것은 시인의 삶과 밀착된 현실적 행보를 드러내는 것이기도 하다. '새들의 노랫소리를 들었는가/ 춤추며 흘러가는 파동이 출렁이면/ 한 송이 꽃이 되어/ 춤을 추는 흰 구름'을 보며 생명의 환희와 기쁨을 표출한다.

나는 오늘도
들고 내려야 할 것을
조심스레 두고 내린다

미련을 던져두고
아쉬운 듯 꽃잎
떨어져 내린다

낡아 버린 약속 무너져 내리듯
헛된 시간의 집착
봄 강물에 술술 풀어 보낸다

— 「어느 봄날」 전문

오래도록

산 하나 들여다보고 있으면

그 산 하나

어느새 내게 들어서 있고

오래도록

깊어진 바다 들여다보고 있으면

깊어진 그 바다

어느새 네게 들어서 있고

걸어온 발자국마다

부끄러운 높이만큼 높아져 있다

들여다본 눈길만큼

부끄러운 깊이만큼

깊어져 있다

나의 허물은

—「허물」 전문

오랜 시간

가슴 속에서만

머물러 있으면

시든 꽃잎으로

떨어져 날릴 것을

(······)

말의 강둑에
오래도록 서서
밀려드는 말 줄기들을 보며
그 말에 또 줄기를 보태며
스스로의 말을
지켜내려 하면

그 거센 물결이
견고한 둑을 무너트리고
장면과 장면 속에서
스스로를 찌르는 잘 벼른 칼날이 되고 만다.
— 「말」 부분

시인은 문득 자신을 돌아다본다. 넘어지지 않으려면 부지런히 앞을 보아야 하는데 내면을 깊이 들여다보는 편을 택했다. 넘어질까 두려워 안을 먼저 들여다보는 것인가. 아니면 앞으로 나아가기 위해 그런 것인가. '나는 오늘도/ 들고 내려야 할 것을/ 조심스레 두고 내린다…낡아 버린 약속 무너져 내리듯/ 헛된 시간의 집착/ 봄 강물에 술술 풀어 보낸다'(「어느 봄날」 부분) 지난 시간은 현재의 시간에서 이미 낡아 버린, 이제는 미련 없이 두고 내려야 할 대상이 되었다. 한때 유용했을 에너지,

'집착'은 시인에게 더 이상 곁에 두어야 할 대상이 아님을 깨닫는다. 이제는 과감히 잘라내어야 할 대상으로 본 것이다. 변화와 운동은 흐르지 않으면 무용하다. 강한 생명성은 흐르면서 깊이를 더 하고 더 단단한 세계를 구축한다.

또한 '오래도록/ 산 하나 들여다보고 있으면/ 그 산 하나/ 어느새 내게 들어서 있고…걸어온 발자국마다/ 부끄러운 높이만큼 높아져 있다…나의 허물은'(「허물」)을 통해 자아 반성의 시간을 갖게 한다. 시인은 비울수록, 돌아설수록 버리고자 하는 '허물'에 사정없이 갇힌다. 하지만 그 집착을 떨쳐내고 과감히 잘라냄으로써 새로운 시간에 진입한다. 이젠 텅 비어 버린 자리에 '나'를 앉힐 수가 있는 것이다. 시인은 알고 있다. 얼마나 오랜 부재의 시간을 가져야 나를 만날 수 있는 것인가. '오랜 시간/ 가슴 속에서만 머물러 있으면/ 시든 꽃잎으로/ 떨어져 날릴 것을…스스로의 말을 지켜내려 하면…스스로를 찌르는/ 잘 벼른 칼날이 되고 만다'는 것을 알게 되는 것이다.

> 때로는 급하게 때로는 천천히 빨아들인다
> 세상의 숨구멍에 기대 살아가며 생명을 이야기하고
> 거창하고 위대한 꿈을 꾸고 열심히 살아가지만
> 살아보면 한계라는 것이 우리를 절망하게도 하지
> 하지만 그 그침의 수평선에 도달해보면 때로는
> 감사하다는 느낌도 알 수가 있어 참 이상도 하지
> 그런 모순들을 조금씩 빨아들이는 빨대의 시간

도망갈 곳을 잃어버리면 사람들은 결이 나오게 돼
변한 것 같지만 결코 버리지 못하는 자신만의 결
그 결을 따라 빨아들이다가 버려지는 무수한 빨대들
어쩌면 나도 누군가가 필요할 때 빨아들이다가
무심하게 버려지고 마는 빨간 빨대는 아닐까
                                 —「빨대」 전문

오늘 하루
눈물 나도록
감사한 날입니다

나의 간절함과
그대의 기도가
하늘에 닿아
사랑을 확인하게 해 준

희망의 하루입니다
생명의 날입니다
                                 —「수술」 전문

    우리의 인스턴트 일상을 점령해버린 것 중 하나인 '빨대'는
액체 음료를 마실 때 자주 이용하고 있는 도구이다. 너무 익숙
해서 전혀 새롭지 않을뿐더러 전혀 낯섦도 없다. 그뿐만 아니

다. 어떨 땐 몸의 일부처럼 여겨지기도 한다. 손만 뻗으면 제 몸을 기꺼이 내어주는 조건 없는 이 헌신. 언제부터였을까. 소리 없이 그 어떤 제지도 없이 플라스틱은 우리의 생활 깊숙이 잠입하였으며 문명의 편리성 이상의, 도저히 떨쳐낼 수 없는 가깝고도 아득한 무서운 존재가 되었다. '빨대'는 집안이든 밖이든 스스럼없이 위용을 자랑하며 부동의 입지를 굳힌 것이다. 어느 날, 시인은 '빨대'의 존재를 회의한다. 이미 오래전에 생활 깊숙이 뿌리내린 빨대. '때로는 급하게 때로는 천천히 빨아들인다/ 세상의 숨구멍이 기대 살아가며 생명을 이야기' 하는 낯선 존재를 발견한다. 깨닫는다. 자칫 흘리기 쉬운 액체, 실수를 유발한 액체의 존재를. 안전하고도 신속하게 입속으로 명쾌하게 전달해주는 아주 편리한 작은 도구를. 처음엔 시인도 여느 사람들처럼 별다른 생각 없이 빨대를 사용했을 것이다. 선택 조항이긴 하지만 필요하다면 즉석에서 도구로 만들어서 편리함을 즐겼을 것이다. 용도가 다한 순간 쓰레기통으로 사라지는 존재라는 것을 아무렇지 않게 여겼을 것이다. 그러다 어느 순간 시인은 바로 이 부분에서 허를 찔린다. '살아보면 한계라는 것이 우리를 절망하게도 하지/ 그런 모순들을 조금씩 빨아들이는 빨대들의 시간'을 그만의 감각으로 사유하다가 그만 통점에 내몰린다. '어쩌면 나도 누군가가 필요할 때 빨아들이다가/ 무심히 버려지고 마는 빨간 빨대'는 아닐까 하는 절망적 통증을 끌어올린 것이다. 사물이나 대상의 용도란 어느 쪽에서 보느냐에 따라 처한 상태가 결정지어진다. 그것은 섬찟하고 무서운 일이며 소름 돋는 일이다.

하지만 시인은 빨대의 짧고도 긴 통로를 재빨리 통과한다. 누군가의 필요한 존재가 결코 일회성이어서는 안 된다는 스스로의 강력한 처방을 찾아낸다. 삶의 중심을 가득 메운 '감사'라는 뜨거운 결정체를 길어 올림으로써 '오늘 하루/ 눈물 나도록/ 감사한 날'을 마주한다. '감사'는 늘 오는 것은 아니다. 애쓴다고 오지도 않는다. '나의 간절함과/ 그대의 기도가/ 하늘에 닿아'야만 진정으로 내게 오게 된다. 그것은 사랑이며, 희망이며, 생명이다.

3.

이종완 시인이 시에서 일관되게 추구하는 것 중 '사랑'을 빼놓을 수 없다. 그가 가진 강점이자 장점이자 특질이라 할 수 있는 '사랑'은 너무나 잔잔하고 고요해서 얼른 밖으로 그 존재가 드러나지 않는다. 조심조심 걷는 발걸음 같은, 옆 사람에게 들릴까 봐 조곤조곤, 마치 풀잎이 속삭이는 것 같은 모양새를 갖는다. 그것은 어두운 마음밭을 구석구석 들여다보며 밝음을 찾아내는 힘을 가졌다.

늘 떠나더라도

언제나 편안하게 돌아올 수 있는 공간

다 드러내지 않아

숨어 있는 비밀이 있어 아름다운 새벽

사소한 일상들이

삶의 행복이란 것

떠나본 적이 없기에

떠남의 의미를 읽지 못하였습니다.

(……)

파도를 헤치며 달려가는 나의 기도

보이지 않아도 믿고 있습니다

(……)

이름마저 떨어져 나간 산마루

노을 떠난 하늘 바라보며

밤하늘 별 보다 더 다정한

사랑 이야기와

들판의 꽃들보다 더 아름다운

사랑 노래가 울려 퍼지는

천년 넘은 대웅전 기둥을

손톱으로 긁어내면

오래된 전설이 내게로 달려옵니다

—「사랑의 전설」 부분

'늘 떠나더라도/ 언제나 편안하게 돌아올 수 있는 공간'을 설정한 시인의 마음밭은 넉넉하다. 떠나고 돌아오는 일이 어찌 넉넉하랴만 '다 드러내지 않아/ 숨어 있는 비밀이 있어 아름다운 새벽'을 품고 있기에 가능한 일이다. 시인의 일상은 늘 감사와 기도로 충만해 있다. 매사에 자신을 돌아보는 일도 게을리하지 않는다. 자신을 돌아본다는 것은 마음먹기가 쉽지 실행에 옮기기란 결코 쉬운 일이 아니다. 반복되는 오늘은 어제였으며, 오지 않은 내일이다. 돌아보는 일 또한 그러하다. '사소한 일상들이/ 삶의 행복이란 것/ 떠나본 적이 없기에/ 떠남의 의미를 읽지 못'한 것을 고백하는 시인은 매일 부지런하게 오늘을 살고 있기에, 오늘을 살아야 하는 때문에 떠날 수 없고, 떠날 필요가 없다. 여기서 '떠남의 의미'라는 것은 '머물러 있음'의 또 다른 말일 것이므로. 그것은 '파도를 헤치며 달려가는 나의 기도/ 보이지 않아도 믿고 있습니다'에서 드러난다. 떠남은 머물러 있기에 가능한, 새로운 시작을 알리는 것임을 시인은 잘 알고 있다. 전설은 멀리 있지 않다. '천년 넘은 대웅전 기둥' 안에도 들어 있다는 것을 안다.

눈 뜨고는 볼 수 없어
가만 눈 감고서야 그려낼 수 있는 그대
그대 없는 이곳에서
나는 홀로 흔들리고 있네

길을 잃어버리지 않았더라면
알 수 없었던 고통의 시간들도
그 사랑의 의미를 확인하고
한껏 푸르른 시간의 잎새들이
오랜 잠에서 깨어나
기지개를 편다

(……)

—「조란弔蘭」 부분

푸른 초원을 달리고
하늘 언덕을 오르는
그대의 눈길이
천산에 닿더라도
내 눈길은
그대만을 향하겠습니다

(……)

살아서도
그대를 사랑하고
죽어서도
그댈 그리며
바람따라

흔들리겠습니다

— 「사운영꽃」 부분

시인은 대상을 더 선명히 보고 싶을 때는 때로 눈을 감기도 한다. 드러난 겉 부분을 구체적으로 확인할 때보다 그 이면의 것을 찾아내고자 할 때 용이한 활용법이다. 차마 '눈 뜨고 볼 수 없어/ 가만 눈 감고서야 그려낼 수 있는 그대'를 읊조리는 시인은 곧 난(蘭)이다. 흙에 뿌리를 둔 대상과 동일시할 때 시인에게 '그대'의 존재는 곧 '나'의 존재 그 자체이므로 굳이 안과 밖의 구분이 필요하지 않을 것이다. 아니, 외관보다 그 이면의 세계와의 합일을 위한 '시간'에 놓이게 된다. 시적 화자인 난(蘭)은 '홀로 흔들리는' 존재이다. 대상을 들여다보면서 곧 그 대상의 세계를 공유하는 시인은 '그대 없는 이곳'에서 길을 잃었다. 그것은 고통의 시간이다. 그러나 고통은 또 다른 세계를 열어 보인다. '길을 잃어버리지 않았다면/ 알 수 없었던' 새로운 세계를 만나게 된다. '한껏 푸르른 시간의 잎새들'의 시간, '사랑'의 세계인 것이다. '나도 모르는 내 마음/ 그대는 잘도 알고/ 그대 모르는 그대 마음/ 내가 들여다보며…사랑이 피어납니다'라고 고백한다. '살아서도/ 그대를 사랑하고/ 죽어서도/ 그댈 그리며/ 바람 따라/ 흔들리겠습니다'라고 단단하게 합일의 다짐에 방점을 둔다. 사랑은 그런 것이다. 그 자체로 완성된다.

4.

　일상은 우리에게 많은 것을 요구하거나 요구하지 않을 수 있다. 어제 살았던 것처럼 반복할 수 있고 오늘 새로 판을 짤 수가 있다. 아니, 내일과 그다음 날에 더 나은 삶의 형태를 꿈꿀 수 있고 실행에 옮길 수 있다. 어쨌거나 문제는 대가가 따른다는 것이다. 떠나보내거나 맞이하거나 새로운 것을 꿈꾸거나 이루어낸다는 것은 이전의 것을 버리거나 밀어놓아야 가능하다. 실제 가능한 반복된 노력 역시 반드시 요구된다. 새로운 판에 맞게 익숙할 때까지 담보된 시간과 에너지는 반드시 전제되어야 한다.

　　　떠나야 한다
　　　떠나는 자들의 꿈을 위해
　　　그 꿈을 지키기 위해 나는 밤을 밝힌다

　　　포구는 떠남을 위해 서성이는 발길로 가득하고
　　　누구의 간절함이
　　　빛의 기둥을 타고 넘실거리는가

　　　밤바다에서 날마다 유인하던
　　　달빛도 사라져가고 하얗게 날을 세운
　　　파도가 거칠게 나를 향해 밀려온다

(……)

가야 하는 이유와
닿아야 할 온기를 또렷이 기억하기에
깊은 어둠 속 흔들리는 파도 위에서도
흔들리지 않는다

모든 어둠이 내려도
나는 너에게 끝끝내 닿아야 한다

　　　　　　　　　　　—「등대의 꿈」부분

　떠나는 자는 돌아올 것을 꿈꾸며 떠난다. 물론 아닐 수도 있
다. 그러나 기필코 무언가를 이루어서 그 결과물을 반드시 얻
어내어서 원래의 자리로 돌아와야 한다. 시인의 마음 깊이 내재
한 새로운 세계는 떠남을 전제로 형성되어 있다. '떠나야 한다/
떠나는 자들의 꿈을 위해/ 그 꿈을 지키기 위해 나는 밤을 밝
힌다'라는 시적 화자의 단호한 의지는 완성 그 자체에서 발현
된다. 완성을 위해 반드시 '떠나야 한다'가 전제될 뿐 아니라,
떠나는 험난한 여정에 어둠을 밝히는 존재 또한 필요하다. '파
도가 거칠게 나를 향해 밀려'와도 그것을 뛰어넘어야 한다. 어
제의 삶을 살 수가 없으므로 내일을 살아야 하므로 엎어지거나
넘어질 수가 없는 것이다. '가야 하는 이유와/ 닿아야 할 온기
를 또렷이 기억하기에/ 깊은 어둠 속 흔들리는 파도 위에서도/

흔들리지 않'아야 하는 것이다. '끝끝내 닿아야' 할, 기어이 이루어내어야 할 그것이 거기에 있기 때문이다. 시인의 굳센 의지뿐만 아니라, 마땅히 그래야 하는 당위의 이유가 닿아야 할 그곳에 있기 때문이다.

> 세상 독해야 사는 법이여
> 독사, 독사라고 하지만
> 건드리지만 않으면 누가 뭐래
> 아무도 해치지 않지
> 사람이 있으면 스스로 조용히 피해가지
> 스르르르 흔적도 남기지 않고
> 세상을 건너가는 법을 알지
>
> 건드리지 마라
> 세상이 모르는 독을 간직하고
> 너를 기다리고 있을지도 모르니까
>   ―「독사」 전문

시인의 시선은 도래한 현재의 삶을 뛰어넘어 이제 어떻게 살아야 하는가에 대해 구체적 가이드라인을 제시한다. 꿈을 위해 산다는 건 어제보다 오늘, 그리고 내일을 살아야 한다는 말이다. 더불어 살아야 할 삶이란 타자보다 먼저 내게 있음을 적시한다. '세상 독해야 사는 법이여/ 독사, 독사라고 하지만. 건드

리지만 않으면 누가 뭐래/ 아무도 해치지 않지' 라고 단호하게 선을 긋는다. 산다는 것을 독한 것이라고 말해도 하나 이상하지 않은 세상 사는 법에 대해 시인은 도입부부터 '독함'을 강조한다. '독하다' 는 말의 저의는 잘 살아야 한다는 말의 또 다른 표현일 것이다. 대충 살아서는 안 된다는 강한 메시지일 것이다. 잘 산다는 것은 남을 해코지하지 않는 것을 말함이며 타인을 적으로 만들어서는 안 된다는 것을 의미한다. 시인은 생명을 타고났다 함은 각자도생(各自圖生)의 삶을 전제로 하는 것임을 다시 한번 짚고 넘어가는 강렬한 지향을 보인다.

(······)

떠난다 떠난다 하면서도 늘 정박해 사는 사람들
한 번 내린 닻은 언제나 올릴 것인가
녹이 슨 달빛 아래 두 손 모아 드리는 기도는
한겨울 강추위도 물러서게 하는 신비의 영역
장독대를 소복소복 덮고 있는 하얀 평화가
스러져가는 새벽장도 슬그머니 덮고 있다
　　　　　　　　　　　　　　─「새벽장의 어머니」 부분

(······)

휘영청 밝은 달빛에 술 한 잔 들지 못하고

지게 작대기만 두드리며 돌아오시던 아버지의

반가운 발자국 소리 지금도 들려올 것 같아

문 열면 바람만 휑하니 지나가는

아버지의 어물 걸린 장작 지게

　　　　　　　　　　　　　　—「장작 지게」 부분

　세상의 어머니와 아버지로 살아간다는 것은 누구나 가능한
일이며 할 수 있는 일이다. 물론 선택 사항이라는 전제가 붙기
는 하지만 대부분의 사회적 동물로서 자의반 타의반 부모가 되
고자 했고 되어야만 했다. 자식이 되었고 자식이 되어야만 했
다. 그러니 자식이 있으면 마땅히 그 부모가 있기 마련인 것이
다. 유사 이래 부모는 있었고 자식 또한 있었다는 것은 너무나
자연스러우면서도 일방적이며 선택할 수 없는 전제의 결과를
만들어내었다. 그것은 무엇을 의미하는가. 절대 희생의 삶이,
조건 없는 일방적 삶의 형태가 세상 그 어떤 우레의 진창길을
지나왔다 하더라도 끊어지지 않고 지속하였다는 말이다. 시를
쓴다는 일 또한 어머니와 아버지를 쓰고자 함은 아닐까. '녹이
슨 달빛 아래 두 손 모아 드리는 기도는/ 한겨울 강추위도 물
러서게 하는 신비의 영역'일 수밖에 없는 절대 희생의 어머니는
그 어떤 무게에도 짓눌리지 않고 그 어떤 강추위에도 얼지 않
는 힘을 가졌다. 그것은 그 자체로 평화였다. '휘영청 밝은 달
빛에 술 한 잔 들지 못하고. 지게 작대기만 두드리며 돌아오시
던 아버지'의 발소리는 지금도 시인의 가슴에 낮달처럼 걸려

있다. '아버지의 어물 걸린 장작 지게'가 그렇듯이. 아마도 시인은 자신의 가슴을 헛간으로 내어놓았을 것이다.

　이종완 시인은 부지런히 변화를 추구하면서도 끊임없이 변모를 위한 작업 또한 게을리하지 않는다. 고요한, 부재의 시간 속에서도 생명 인식이라든가, 꿈, 지향, 도약을 위한 부지런한 발걸음을 멈추지 않기 때문이다. 그것은 내일을 잘 살고자 하는 강한 열망의 추동이 오늘도 쉬지 않고 작동되기 때문이다.

이종완 _____

• 경기 포천 출생으로 충북 제천에서 성장하였으며 《한국문인》 신인상으로 등단하였다. 강릉 문성고등학교에서 수학교사로 재직하다 명예 퇴직하고, 대관령 산자락에서 등산과 책읽기에 빠져 있다.

시와소금 시인선 104

어느 봄날

ⓒ이종완, 2019. printed in Seoul, Korea

초판 1쇄 인쇄 2019년 10월 15일
초판 1쇄 발행 2019년 10월 20일

지은이 이종완
펴낸이 임세한
펴낸곳 시와소금
디자인 유재미 정지은

출판등록 2014년 1월 28일 제424호
발행처 강원 춘천시 충혼길20번길 4, 1층 (우-24436)
편집실 서울시 중구 퇴계로50길 43-7 (우-04618)
전화 (033)251-1195(팩스겸용), 휴대폰 010-5211-1195
전자주소 sisogum@hanmail.net
ISBN 979-11-86550-60-1   03810

값 10,000원

강원문화재단
Gangwon Art & Culture Foundation
* 이 시집은 2019년 강원도, 강원문화재단 후원금으로 발간하였습니다.